왜 그러세요,
다들~

글 ◆ 전국 중고등학생 89명

그림 ◆ 자토

창비
교육

청소년, 세상을 노래하다

이 책은 바다를 꿈꾸며 시작합니다. 그리고 바로 입학식을 맞이하죠. 해마다 3월이면 새로운 학년이 시작됩니다. 새로 만날 친구들과 선생님에 대한 궁금증으로 불안한 밤을 보내고 아침을 맞았던 경험을 우리 모두 한 번쯤은 해 봤을 것입니다. 남몰래 불안해하는 아이들의 한 해를 무탈하게 하는 것 중 하나가 '학급 문집'을 만드는 일입니다. 문집을 엮는 동안 아이들은 친구들과 선생님, 학교에 애정과 신뢰를 갖게 되지요. 그리하여 그들과 헤어지는 종업식 날에는 아쉬움이 가득합니다. 오랜 시간이 지나도 학급 문집을 책장에 꽂아 두게 되는 건, 이따금씩 꺼내 들추어 보는 건 학급 문집이 지닌 이런 힘 때문 아닐까요?

창비는 한겨레신문사와 함께 2012년부터 '우리 반 학급 문집 만들기' 캠페인을 열어 청소년들이 자신의 목소리를 낼 수 있는 장을 마련해 왔습니다. 제5회 캠페인에는 시도교육청 13곳(강원/경기/경남/광주/대구/대전/부산/세종/인천/전남/전북/제주/충남), 서울특별시, 전국국어교사모임, 한국작가회의가 후원을 해 준 덕에 전국의 중고등학교에 총 1,011종의 학급 문집을 제작해 드릴 수 있었습니다. 이 책은 제5회 우리 반 학급 문집 만들기 캠페인을 통해 제작된 학급 문집에 실린 글 가운데 94편을 가려 모아 그림과 함께 엮은 것입니다.

캠페인을 통해 만들어진 학급 문집 가운데 우수작을 고르기 위해 함민복 시인, 안상학 시인, 최재봉 기자, 채찬석 선생님과 심사를 하며 다양한 문집을 살펴보았습니다. 문집을 읽는 내내 행복하고 미안했습니다. 자신의 삶을 성찰하고 비전을 다짐하는 글들, 본인 의지와 관계없이 떠밀려 가는 일상을 토로하는 글들, 그럼에도 웃음을 잃지 않는 청소년들의 씩씩한 모습을 보며 웃기도 하고 공감하기도 하고 힘든 현실에

아파하기도 했습니다. 그래서 이렇게나마 아이들의 마음을 표현할 수 있는 공간이 있다는 것은 더더욱 고마운 일입니다. 감정이나 생각은 어떤 형태로든 글로 표현되었을 때 온전해집니다. 그런 점에서 학생들이 학급 문집을 만드는 경험을 더 많이 할 수 있기를 간절히 바랍니다.

『왜 그러세요, 다들』에 담긴 청소년들의 목소리는 학교에서 시작해서 부모님과 우리 주변 이웃들을 따스하게 감싸 돌아 사회로 넓어집니다. 나만 힘들다고 투정하지 않고 사회와 역사 속에서 깊어지는 청소년들의 삶이 이 책에 오롯이 담겨 있습니다. 읽다 보면 어느새 입가에 미소가 번지기도 하고, 뭉클해지기도 하고, 코끝이 찡해지기도 합니다. 그리고 거기에 곁들어진 그림들은 보는 것만으로 따스함과 포근함이 느껴집니다. 친구들의, 청소년들의, 우리 자녀들의 삶이 궁금하다면 이 책을 꼭 읽어 보세요.

문집을 함께한 모든 학생들, 고맙습니다. 또한 일 년이라는 시간 동안 문집을 축으로 학급과 동아리를 이끄신 모든 선생님들, 고맙습니다. 문집이 아니어도 하루하루가 얼마나 바쁘고 고된지 잘 알기에 더욱 고맙습니다. 그러나 아시지요? 선생님의 시간과 노력으로 학생들의 생활이 얼마나 풍요로워졌는지, 기억의 공간이 얼마나 넓어졌는지 말이에요. 아이들의 삶에 튼튼한 씨알을 심어 주신 선생님 모두를 존경합니다.

자, 이제 청소년들의 삶 속으로 여행을 떠날 준비가 되셨나요? 뭐 하세요 다들, 얼른 『왜 그러세요, 다들』 속으로 들어오세요.

2018년 8월

충청남도 교육연수원 교육연구관 **김희숙**

1부 바다를 꿈꾸며

2부 사랑하는 까닭

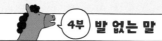

4부 발 없는 말

5부 그때 그 시간

바다를 꿈꾸며

좁은 물에선 큰사람이 될 수 없다.
우리들의 시작점부터가 바다였으면 좋겠다.

이번이 처음도 아닌데
이번이 마지막도 아닌데
3년에 한 번씩 돌아오는 그런 날인데

뭐가 그렇게 새롭다고
뭐가 그렇게 낯설다고

마음이
불안하게 뛰는지

타닥타닥 타다닥
타는 소리가 들려온다
선생님 속 타는 소리

선생님 타는 속도 모르고
아이들은 꾸벅꾸벅 존다
아이들도 그러고 싶겠냐마는
그게 마음대로 되랴

타닥타닥 타다닥
오늘도 교실에는
선생님 속 타는 소리

버티는 거다 —유창현

야자는 6시부터 10시까지 진행된다.
매번 야자를 하면서 드는 생각은 크게 세 가지다.

첫째, 야자하기 싫다.

둘째, 야자하기 싫다.

셋째, 야자하기 싫다.

1교시는 졸리고, 3교시엔 진이 빠지는 놀라운 경험.
그나마 공부가 좀 되는 2교시는 그냥저냥 버티는 거다.

반성하고 있습니다

— 주홍제

  어제 점심시간에 제시간에 돌아오겠다는 약속을 하고 외출증을 끊어 나갔습니다. 그러나 5교시 때 무려 15분이나 늦게 들어왔습니다. 이에 저는 제 잘못을 반성하는 의미에서 이 글을 쓰고 있습니다. 물론 빨리 돌아오려고 노력은 했지만, 결과는 지각이기에 이 또한 시간 계산을 잘못한 제 잘못입니다. 거듭 말씀드리지만 저는 이 글을 쓰며 반성하고 있습니다.

혈색을 잃어 가고 창백해질 때
낯빛이 어둡고 몰골이 말이 아닐 때

약보다는 틴트

초췌해지고 해쓱해질 때
표정이 어둡고 지쳐 보일 때

약보다는 축구

초등학교 때는 몰랐다.
중학교 때는 의심했다.
고등학교 때는 모르는 척했다.

내가 수험생인 것을.

내일부터 시험공부

엄마한테 혼날까 봐
마구마구 찍게 될까 봐
미도달 과목이 많을까 봐
안 좋은 학교에 가게 될까 봐

내일부터 시험공부

봄비 — 박성우

비가 오고
봄이 오고
시험이 온다

시험은 비가 될 것이다
시험지에 비가 내릴 것이다
나는 비처럼 흩어질 것이다

비여 오지 마라
봄이여 오지 마라
시험이여 오지 마라

첫 시험을 치르고

―안채원

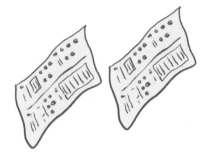

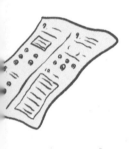

시험이 끝났다. 시험이 끝나니 점점 더 나른해지고 수업 듣기 싫다. 시험이 끝난 뒤로는 계속 놀고 있다. 그래, 마음껏 놀아야지. 친구들이랑 시내도 가고 노래방도 가고. 세상에 놀 건 너무 많으니까. 맛있는 것도 마음껏 먹고 매일매일 놀러 다녀야지.

이제 6월 말에는 기말고사를 보고, 앞으로 시험을 3번 더 보면 2학년이 끝나고, 시험을 7번 더 보면 고등학교에 가고, 고등학교에 가면 모의고사 같은 것도 본다던데……

하, 인생은 시험이다. 우아!

단 몇 장의 종이만으로
그 사람을 평가하는가

단 몇 장의 종이만으로
그동안의 노력을 알겠는가

단 몇 장의 종이만으로
그들의 인생을 좌우하는가

길이라는 것 —신윤경

17번 네 차례야
말소리를 듣고 의자에서 일어나
한참 길을 헤매다 교무실로
나의 길을 찾아 줄 그곳으로 들어간다

낡은 문 뒤에서
길을 잃진 않았니, 하며 몇 마디
긴장된 담소를 나누다가
문을 닫고 나가려는데

아, 발바닥 아래엔 길이 없다
꿈이 없다는 것은
걸어갈 길조차 없다는 것
바다같이 넓은 복도에
내가 밟을 공간이 없다

36

어두컴컴한 그곳을 엉금엉금 기어가며
도착해선 하는 말 한마디

18번 네 차례야

이른 아침, 교실 종소리가 울리면 학생들이 자리에 앉는다.
수업이 시작하고, 듣는 학생, 필기하는 학생, 자는 학생,
다들 어떤 생각을 할까?
알 수 없다.

짙은 어둠의 야자 시간, 학생들은 교실에 앉아
책이든, 게임이든, 인강이든, 뭐든 붙들고 앉아 들여다보고 있다.
어떤 생각을 하며 앉아 있을까?
알 수 없다.

대학교 입시 기간, 다들 어떤 대학교, 어느 대학교,
자신이 생각하는 곳, 추천하는 곳, 원서를 접수한다.
접수하며 다들 어떤 생각을 할까?
알 수 없다.

아름다운 봄날의 졸업식, 각기 다른 학생들이 다시 한자리에 모인다.
입학하는 학생, 재수하는 학생, 취업하는 학생,
서로 웃으며, 위로하며 인사를 건넨다.
어떤 생각들을 하고 있을까?

알 수 없다.

1%

－ 박
재
혁

사람들은 생각한다
상위 1%에 들면 성공한 거라고

학생들은 노력한다
상위 1%에 들기 위해

상위 1% 학생들은 다시 노력한다
1%에 속하는 명문대에 입학하기 위해

1% 명문대에 입학한 학생들은 또다시 노력한다
1%에 속하는 직장에 들어가기 위해

이 1%의 사람들 중
행복한 사람은 몇 %나 될까?

20년 후 내 모습

— 강서연

열다섯에 스물을 더하면 서른다섯, 그때의 나는 뭘 할 수 있을까? 그때쯤이면 인생의 방향을 바꾸는 것은 무리일 테고…….
서른 살이 넘어가면 슬슬 주변에서 결혼이니 취업이니 압박을 줄 텐데 버티기 힘들겠지. 어쩌면 결혼은 꿈도 못 꾸고 취업도 불확실할지도. 이렇게 되지 않으려면 열심히 무언가를 해야 한다는 건 알고 있는데 모든 게 다 귀찮다. 다들 노력한다는데 어설프게 따라하다 떨어지면 그보다 더한 박탈감은 없을 것 같다. 모두 노력, 노력, 하는데 나는 노력하는 방법을 모르겠다.

무사히 태어나기만 해 주겠니
건강하게만 자라 주겠니
슬슬 걸음마를 떼야 하지 않겠니
이제 열심히 공부해야 하지 않겠니
좋은 대학 가야지

부모님 포기하세요
쟤보다는 잘 살아야지에서
저는 쟤를 맡고 있으니까요

아기가 튼실하게 태어났네
벌써 이렇게 컸니
공부는 잘하니
지금부터라도 용기를 가지고 해 봐
어디 대학 가니

모두들 알겠어요
제가 용기를 가질게요
그리고 말할게요
저 못 해요

왜 그러세요, 다들

새 학기 첫날, 자기소개 시간. 모두 교실 앞에 나와 자신에 대해 솔직하게 이야기한다. 시끄럽고 소란스러워서 마냥 놀기만 좋아하는 친구들인 줄 알았는데, 자신의 꿈을 이야기하는 순간만큼은 누구보다 진지했고, 눈이 초롱초롱 반짝였다.

밤하늘의 별 같았다. 깜깜한 밤하늘을 비추는 별들은, 멀리서 보면 모두 다 비슷해 보이지만, 자세히 들여다보면 모두 각기 다른 빛과 색을 내고 있다. 우리도 그렇다.

꿈을 꾸는 것만으로도 아름다운 나이이기에 어떠한 꿈을 꾸든 상관없다. 어느 누구도 감히 우리의 꿈을 비난하거나 비판할 수 없다.

사랑하는 까닭

음수와 음수를 곱하면 양수다.

0으로 나눌 수 있는 수는 없다.

실수를 제곱하면 0 이상의 실수가 된다.

서로 다른 점 2개를 지나는 직선은 오직 하나만 그을 수 있다.

치킨은 맛있다.

사랑하는 까닭

— 김태균 · 윤상철 · 정은진 · 채윤지

내가 당신을 사랑하는 것은 까닭이 없는 것이 아닙니다
다른 사람들은 당신의 다리만을 사랑하지마는
나는 당신의 가슴살까지도 사랑하는 까닭입니다

내가 당신을 그리워하는 것은 까닭이 없는 것이 아닙니다
다른 사람들은 당신의 튀김옷 입은 모습만을 사랑하지마는
나는 당신 본연의 모습마저도 사랑하는 까닭입니다

내가 당신을 기다리는 것은 까닭이 없는 것이 아닙니다
다른 사람들은 당신의 빠른 배달만을 사랑하지마는
나는 당신의 식은 모습마저도 사랑하는 까닭입니다

※ 이 글은 한용운의 시 「사랑하는 까닭」을 패러디한 것입니다.

라면 예찬 — 이은택

어렸을 적엔 집밥을 많이 먹었다. 엄마가 차려 주신 따끈따끈한 집밥 말이다. 세상에서 우리 엄마 밥이 제일 맛있었다. 그런데 라면을 처음 맛본 순간, 라면이 최고로 맛있게 느껴졌다. 희한하게 아무리 먹어도 질리지 않는다. 라면을 만든 사람에게 노벨상을 줘야 한다. 라면은 나의 소울 푸드다.

기다리던 추석 연휴가
드디어 시작되었다.

승용차를 타고
할머니 댁에 갔다.

전도 부치고 이야기도 나누며
친척들과 즐거운 시간을 보냈다.

결과는
살이었다.

간식과 식사 사이

— 이주영

　사람들마다 차이는 있겠지만 우리는 보통 오전 7시쯤에 아침 식사를 하고, 오후 1시쯤에 점심 식사를, 7시쯤에는 저녁 식사를 한다. 그리고 식사와 식사 사이에 무언가를 먹는데 이를 간식이라 한다.

　오늘도 하루 종일 군것질을 했다. 그렇다고 해서 식사를 대충한 것도 아니다. 간식과 식사의 경계가 모호해지고 간식이라는 단어와 식사라는 단어가 굳이 따로 존재할 필요가 없어진 셈이다.

즐거운 점심시간
— 이가영

일주일에 5번, 학교 오는 날이면 매일 먹는 점심. 학교에 오면 1교시부터 점심시간이 기다려진다. 왜냐하면 급식실에서 나는 음식 냄새가 수업에 집중하던 나의 콧속을 맴돌기 때문이다. 물론 그 냄새로 식단표를 보지 않고도 오늘의 메뉴를 맞힐 수 있다.

이상하게도 분명히 아침밥을 먹었음에도 학교에서 수업만 하면 배가 고프다. 다들 나와 비슷한지 4교시까지 수업을 하고 학교 종이 치면 기다렸다는 듯이 줄을 서기 시작한다. 아이들과 모여 앉아 밥을 먹으면 어찌나 맛있는지, 함께 먹으니까 더 맛이 좋다.

학교를 점심 때문에 오는 아이들도 있다. 그래서인지 맛있는 게 나오는 날이면 기분이 좋고 맛없는 게 나오는 날이면 왠지 모르게 기분이 안 좋다고 한다. 그게 바로 나다.

놓고 왔다
집에
버스 카드

놓고 왔다
집에
정신머리

붕어같이
공허한
나의 머리

전교 1등 같은 오르막길을
손으로 오르는 듯한
즐거운 고통

아아,

내 버스 카드

나는 붕어인가 보다

휴대폰이 망가졌다. 나는 멘탈이 나갔다.

집에서 할 게 없어졌다. 그 누구와도 연락할 수 없다.

부모님이 이 사실을 아시면 얼마나 잔소리를 하실지,

얼마나 혼이 날지, 나는 지금 너무 두렵다.

시간을 되돌릴 수 있다면 얼마나 좋을까?

하…… 한숨이 나오고 후회가 쏟아진다.

오늘은 수업에 집중하는 건 포기해야겠다.

알
까
기
— 김윤영

학원을 빼먹고 친구와 놀았다. 집에 가서 엄마께
어떻게 말씀드릴지 막막했지만 거짓말을 하기로 했다.

"엄마, 학원 다녀왔어요."

엄마가 물으신다.

"학원 선생님이 너 학원 안 왔다고 전화하셨던데?"

내가 말한다.

"학원에 갔는데 쌤이 없어서 그냥 온 거예요."

거짓말이 알 까듯 툭툭 튀어나온다.

한 번 깠다고 계속 까야 하다니…….

거짓말 알은 절대 까지 말아야 한다.

[함께 사과드립니다]

걱정
— 김은랑

집에 가는 길에 벚꽃이 피어 있었다.
작년보다 늦게 피어서
혹시 봄이 사라진 건 아닌가 걱정했었다.

진 **기분**—하서영

다들 벚꽃 축제를 간다는데
우리는 학교만 가면 되는데
왜 우리가 진 기분일까?

"그만 울어, 봄이 예쁘잖아.
봄이 예쁘니까 울지 말고 사탕이나 먹자."

미세 먼지

— 정재혁

오늘은 미세 먼지 경보의 하늘
내가 알던 학교 와이셔츠 같은 색이 아니었다
미세 먼지의 하늘은 마치

<pre>
                      해
              푸 른 하 늘

  세   미 세   먼 지 미 세   먼 지
      미 먼   먼 지   미 세 지
            지   미 세 먼
</pre>

이 미세 먼지가 걷히면
푸른 하늘을 볼 수 있을까

이 미세 먼지가 걷히면
내가 찾는 그녈 볼 수 있을까

아침 일찍 일어나 지각을 안 할 확률
학교로 가는 유일한 버스를 안 놓칠 확률
그렇게 버스에서 너의 향기를 맡을 확률

자그마한 확률이 모여서 너에게로 간다
자그마한 노력이 모여서 너에게로 간다

나의 연극에는 너라는 인물이 등장한다.
아직 너의 역할은 정해지지 않았다.
역할이 불분명한 채로 연극은 진행된다.

나의 연극에서 너는 어떤 역할일까?
단순히 스쳐 가는 엑스트라일까,
나와 잠시 함께할 조연일까?

나는 네가 내 인생의 주연이 되어 주었으면 한다.
나도 네 인생의 주연이 되고 싶다.

봄,
새싹들을 비추는
따뜻한 햇살보다

여름,
푸르른 초록이 되는
상큼한 나무들보다

가을,
알록달록 물드는
화사한 단풍보다

겨울,
새하얗게 내리는
포근한 함박눈보다

따뜻하고
상큼하고
화사하고
포근한
포옹

봄이 되니 SNS가 연애로 떠들썩하다.
꿀 떨어지는 사진들을 보니 배가 아프다.
엄마가 너는 왜 남자친구를 못 만드냐고 물으신다.
엄마, 난 못 만드는 게 아니라 안 만드는 거야.
카카오톡에서 좋아했던 남자애의 사진을 보았다.
그 애 프로필 사진에 있는 여자보다 내가 못한 게 뭐지.

혼자여도 괜찮다.
주말에 비가 오거든
꽃잎아, 다 떨어져라, 한 잎도 남김없이.

[싫어요, 좋아요]

가을 —고이령

바람에 낙엽이
툭

가을 하늘이
텅

외로워서 눈물이
툭

내 옆엔
텅

연인들의 웃음소리
하하 호호

내 마음은
흑흑흑

짝
— 윤다혜

치킨에는 콜라
숟가락에는 젓가락
바늘에는 실
족발에는 보쌈

역시 하나보단 둘이다

꽃 ─오현비

꽃들은 무슨 생각을 할까?
다른 꽃들이 사람들에게 밟히고, 꺾여도
슬프지 않을까?

꽃들은 무슨 생각을 할까?
다른 꽃들이 나이 들어 시들어 버려도
슬프지 않을까?

꽃들도 사람처럼
생각을 가지고 있을까?

조화 —민석훈

보이는 아름다움에 취해
살아 있나 죽어 있나 보지도 못한 채
그저 바라만 본다

문학 시간, 선생님께서
시 한 수를 품어 보라고 하셨다.

나는 시를 품는다.
품는다, 품는다, 품는다…….

아무리 품어도 병아리 한 마리
깨어나지 않는다.

아, 내 시(詩) 알은
무정란인지도 모르겠다.

간식 달래,
그렇게 예쁜 눈을 하고 쳐다보면
줄 수밖에 없잖아.

안아 달래,
그렇게 꼬리를 흔들고 배를 까면
안을 수밖에 없잖아.

놀아 달래,
그렇게 신난 표정을 하고 장난감을 가져오면
놀아 줄 수밖에 없잖아.

단추 —— 송한얼

어디서부터 밀려 끼웠나
내 인생

●
귀
찮
다 ㅡ
유
낙
균

'귀찮다'라는 단어는 정말 귀찮게 생겼다.
쓰기도 귀찮고 읽기도 귀찮게 생겼다.
머릿속에 귀찮음의 이미지를 떠올리지 않아도,
'귀찮다'라는 단어는 이미지 그 자체가 되어
내 온몸과 정신을 귀찮게 만든다.

귀찮다.

똥 싸는 짓
— 김주연

나는 내가 스스로에게 매우 엄격한 사람이라고 생각했으나,
마냥 이렇게 빈둥대기만 하는 걸 보니
엄격과는 참 거리가 멀구나 싶다.

어떻게든 되겠지, 하는 안일한 생각.
나는 마냥 안일한 고3이다.

평소 시간이 가는 것에 초조해하기만 하지
무엇을 구체적으로 실행하려고 하지 않는다.

이건 정말 비효율적인, 똥을 싸는 짓과 같다.

따분하다.

늘 특별하거나 좋은 일이 생기길 기대하지만 그런 일은 일어나지 않는다. 그저 뺑뺑이 돌 듯이 지루한 일상의 연속이다.

남아도는 시간을 어떻게 보내야 할지 생각한다. 마땅한 생각이 떠오르지 않는다. 어쩔 수 없이 주어진 패턴에 맞게 살아갈 수밖에 없나 보다.

이렇게 생각하니 인생이 허무하다. 어차피 인생은 한 번뿐인데 이렇게 살다가 나이 들어 죽는다는 것이 그리 좋지만은 않은 것 같으니 말이다. 그저 지금 같은 시간이 되풀이되지만 않았으면 좋겠다. 진정으로 원하는 인생이 현실이 되면 좋겠다.

인생은 공수래공수거.
특히 요즘 나는 너무 하는 게 없다.
오늘도 학교 끝나고 집에 가서
게임하고, 유튜브 보고, 애니 보고, 잤다.

이런 인생의 개편 방법 의견 받습니다.
의지를 어떻게 키울까요, 여러분들.

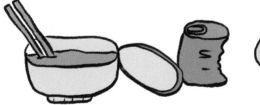

방학 — 하서영

이번엔
꼭
공부해야지

이번엔
꼭
살 빼야지

이번엔
꼭
여행 가야지

이루지 못할
다짐만
반복

나의 다짐, 각오 — 성대식

사
람
이

되
는

것
.

나
— 김지우

남의 시선을 신경 쓰던 나
인정받고 싶어 했던 나
누군가를 질투했던 나

나는 아주 많이 가벼운 사람인걸
가벼운 만큼이나 약한 사람인걸
약한 만큼이나 어리석고 이기적이어서
네 상처와 아픔은 하나도 모르는 사람인걸

나 자신만 위로하는 나
네 앞에서 부끄러운 나

행복을 파는 사람 — 김주연

　　가끔 제3자의 입장에서 나를 보면 어떤 모습일까 하는 생각을 한다. 그때마다 느껴지는 건 자조와 한심함이다. 행동하나, 말투 하나하나가 신경 쓰인다. 미움받는 게 어지간히도싫은 모양이다. 정말 아득하다. 어쩌면 무너지고 부서지고 있는 게 아닐까……. 나를 부수고 있는 건 나일 것이다. 난 내 행복을 남에게 팔고 있는 사람이다.

숨바꼭질 ─ 정수인

나무 뒤에 숨어 보고
의자 뒤에 숨어 보고
미끄럼틀 뒤에 숨어 본다

언제 들킬지 모르는
불안한 마음에
이리저리 숨어 다닌다

어느새 아무도
찾을 수 없는 곳
그곳에 나 홀로 숨어 있다

할머니 잔소리 피해
마을 어귀 은행나무 밑에 숨거나,
장독대 뒤에 숨거나,
바닷가 바위 뒤에 숨거나.

그럴 때마다 계절에 푹 빠져
가을바람과 함께 순간 사라질 것 같아
무서워 울며 돌아간 때가 있었다.

언제쯤 나를 찾아 줄까,
걱정하며 잠이 들었다.

내가 천천히 가고 싶어도
너는 무심하게 흘러가고

내가 빠르게 가고 싶어도
너는 언제나와 다름없이

돌아서지도 못하고
앞서가지도 못하게

시침, 분침, 초침에 걸려
너에게 끌려가

내가 답답한 마음이어도
너는 무심하게 흘러가

10살

15살

20살

가끔은 — 송민준

가끔은
귀가 먹었으면 좋겠다.
아니면 눈이 멀었으면 좋겠다.
정 안 된다면
기억을 못 하면 좋겠다.

보고 싶은 것만 보고
듣고 싶은 것만 듣고
기억하고 싶은 것만
마음속에 그릴 수 있게.

하지만
듣고 싶지 않아도 들어야 하고
보고 싶지 않아도 보아야 하며
기억하고 싶지 않아도 계속 남아 있음에,
이 맘 알아주는 사람 하나 없기에,

오늘도 나는
귀를 막고,
눈을 감고,
마음을 닫는다.

가끔은,
정말 가끔은
귀가 먹었으면 좋겠다.
눈이 멀었으면 좋겠다.
마음을 알아주면 좋겠다.

나이테 ― 김현우

내가 나의 나이테를 본다

잊혀진 시간들의 나이테를 본다
잊고 싶었던 순간들의 나이테를 본다
행복에 겨워 즐거웠던 순간들의 나이테를 본다
좌절에 빠져 세상을 원망하던 시간들의 나이테를 본다
세상은 아직 살 만하다고 여긴 순간들의 나이테를 본다
여러 경험을 하고 훌륭한 어른이 되어 있을 미래의 나이테를 본다

나이테가 나를 본다

더 큰 슬픔—박시은

불행할 때 행복했던 과거를 회상하는 것보다 더 큰 슬픔은 없는 것 같아.

파리
— 김태형

파리 한 마리가
위잉 위잉
내 곁에서 떠나질 않는다

가슴속 고인 슬픔이 썩어
놈이 꼬였나 보다

마음의 무게

— 김지수

　다이어트를 시작한 지 이틀째, 떨리는 마음으로 체중계 앞에 섰다. 살이 빠지기는커녕 오히려 1kg이나 더 쪘다. 노력해도 노력해도 빠지지 않는 건 지금 내 마음이 너무 무거워서일까? 아무래도 마음부터 다이어트해야겠다.

왜 과거에 더 잘하지 못했을까?
흘러가 버린 시간에 대한 후회.

지금 내 행동 때문에 나중에 안 좋은 일이 생기면 어떡하지?
미래에 대한 막연한 불안.

올해, 내가 가장 열심히 집중한 것.
쓸데없는 생각 버리기.

하늘이 맑다
구름 한 점 없이 맑다
그걸 바라보는 내 마음도
이렇게나 맑을 수 있을까

오늘도 나는 하늘 아래 서 있다

잘하고 있단다
— 김지수

한여름 뙤약볕에 우뚝 선 느티나무
꽃이 지고 온 세상이 생기로 물들 때
저 혼자 고갤 푹 숙였다며 슬퍼하더래요.

야야, 슬퍼하지 말거라,
한 번만 생각해 보거라.

햇볕이 따가워 무더위라 불릴 때
너의 그늘에 어느 누군가가
잠시 쉬었다 가지 않았느냐.

그것만으로도 너는, 잘하고 있단다.

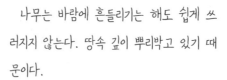

나무는 바람에 흔들리기는 해도 쉽게 쓰러지지 않는다. 땅속 깊이 뿌리박고 있기 때문이다.

우리도 그렇다. 잠시 흔들릴 수는 있지만 목표를 향해 깊이 뿌리박고 있다면 쓰러지지 않고 나아갈 수 있다.

엄마는 나를 달팽이라 부른다.

"달팽이는 느린데…… 왜?"
"달팽이는 몸을 지켜야 해서
 조심조심 천천히 가는 거야.
 빨리 가면 몸과 마음이 힘들 수가 있거든.
 동작 하나하나를 안 잃어버리려고 천천히 가는 거야."

느려도 괜찮아,
날 기다려 주는 사람들이 있잖아.

오늘도 느릿느릿 미래를 향해 간다.

발 없는 말

발 없는 말
— 최세홍

발 없는 말이 천 리까지 간다는데
네 말은 왜 모습까지 변하는지

나는 이런 게 이런 게 좋고
너는 저런 게 저런 게 좋대.
너와 나의 관점이 이렇게 달라.

근데, 너는 왜 나의 관점을 바꾸려고만 할까?

[관점의 차이]

우리는 모두 저마다
고양이 가면을 쓰고 있다.

고양이처럼 생각하고
고양이처럼 행동하며
고양이처럼 생활한다.

고양이가 속마음을 감추듯 우리들도 속마음을 감추고
가까이 잘 지내던 고양이들이 어느 순간 서로를 모른 척하듯
우리들도 어느 순간 잘 지내던 사람들과 이별한다.

고양이가 습관적으로 가장 높은 곳에 올라가려 하듯이
우리들도 자기도 모르게 높은 자리에 올라가려 한다.

고양이가 호기심과 탐구심이 많듯
우리들도 호기심과 탐구심이 많고
봄이 오면 따스한 햇볕을 즐기기 위해 어두운 곳에서 나와
좋아하는 상대와 있으려고 노력하고
상대가 떠나가면 낮에는 별일 없다는 듯 무심하게 있지만
밤만 되면 서럽게 우는 것마저 우리는 고양이와 닮았다.

결국 우리 모두는
고양이 가면을 쓰고 있다.

바다의 이면

— 한용희

어렸을 적에는 바다가 무섭지 않았다. 깊은 바다라 해도 두렵기보다는 멋있기만 했다. 그런데 어느 순간부터 내게 바다는 무저갱이되었다. 끝이 보이지 않는 소용돌이. 바라보고 있으면 순식간에 빨려들어갈 것 같은. 모든 걸 날려 버릴 듯한 청량함과 때 묻지 않은 순수함은 더 이상 보이지 않는. 마치 사람처럼.

매체를 통해 접한 사람이란 종잡을 수 없는 혼돈이었다. 한없이이기적이다가도 무엇이든 베풀기도 하고, 이유 없이 사람을 때리고장난이었다고 말하는 악랄함과 대가 없이 선의를 베푸는 선량함이공존하는 존재였다.

바다에서 사람을 보았다. 끝이 보이지 않는 혼돈. 바다가 두려워지기 시작했다. 내 무의식은 그렇게 둘을 동일시했고 나를 바닷속 깊은 곳으로 들어가지 못하게 만들었다.

때문에 —이은재

'때문에'라는 말은
사람의 마음을 찌르는
칼과 같다.

"너 때문에 힘들어."
"너 때문에 망쳤어."
"너 때문이야."

나도 '때문에'라는 무기로
타인의 마음을
아프게 한 적이 있다.

'때문에'라는 무기가 아닌
'덕분에'라는 연고를
발라 주는 사람이 되기를.

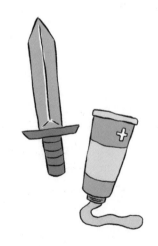

마음껏

— 남유정

사람들은 울지 않는 것을 옳은 일로 여긴다.

나이가 한 살 한 살 많아질수록 우는 것을 잘못으로 여기며,

터져 나오는 울음을 애써 참고 외면하려 한다.

그렇게 눈물과 슬픔을 마음 한구석에 넣어 둔다.

울어도 된다. 울고 싶을 때는 울어야 한다.

우리는 충분히 그럴 만한 자격을 가진 사람들이니까.

얘들아, 울고 싶을 때는 마음껏 울어도 돼.

너희 옆에는 좋은 친구들이 산더미처럼 있으니까 편안하게 마음 놓고 울어.

● **때로는** ─ 황민아

때로는
엄마처럼
기댈 수 있는

때로는
공기처럼
숨 쉴 수 있게 해 주는

때로는
라디오처럼
고민을 상담해 주는

때로는
텔레비전처럼
나를 웃게 해 주는

때로는
사탕처럼
아픈 마음을 달래 주는

그런 친구가 있어
나는 오늘도 행복하다

오늘도 책가방을 들고 나간다
오늘 하루 계획이 담긴 책가방을 들고 나간다
오늘의 기분을 다 짊어지고 책가방을 들고 나간다
오늘 하루의 행복을 기대하며 책가방을 들고 나간다

오늘도 책가방을 들고 들어온다
오늘의 모든 고단함이 담긴 책가방을 들고 들어온다
나의 축 처진 어깨로 짊어진 책가방을 들고 들어온다
오늘도 무사히 보낸 하루를 넣은 채 책가방을 들고 들어온다

책가방은 항상 나의 짐을 같이 짊어지고 있다
나도 누군가의 짐을 함께 짊어질 수 있을까

지친다. 숨이 막힌다. 주변 사람들이 나에게 실망할까 봐. 사실 지금 난 열심히 하는 게 아니라 열심히 하는 척을 하고 있다. 항상 결과가 좋아야 하니까, 모두가 기대하고 있으니까. 계속 날 억압하고, 괜찮다고 최면을 건다. 열심히 하는 척을 하고 나서 집으로 돌아가는 길은 '지침' 그 자체다. 어깨는 축, 발걸음은 터덜터덜, 표정은 없다.

친구와 함께 집에 집으로 가는 길, 친구에게 고민을 털어놓았다. 친구는 나에게 힘내라는 말은 하지 않았다. 단지 내 얘기를 가만히 들어 주었다. 그러다가 "그럴 수도 있지." 하고 딱 한마디를 건넸다. 별말도 아니었는데 무척 큰 위로가 되었다. 어쩌면 내가 제일 듣고 싶었던 말이었나 보다.

그날 집으로 가는 길은 편안함과 위로였다. 내일도, 모레도, 몇 달 뒤에도, 그리고 몇 년 뒤에도 나는 집으로 가는 길을 걸을 것이다. 그리고 그 길엔 위로와 편안함이 가득할 것이다.

공평 — 이지성

도움이 찾아올 땐 대가를 생각하며
방해가 찾아오면 지혜로 대처하고
고독이 다가오면 연합으로 처방한다.

고민이 생겼을 땐 생각으로 가다듬고
행복이 다가오면 마음으로 받아들인다.

세상은
얻고 잃음에
공평하다 한다.

나를 부르는 소리

이름은 하나지만
나를 부르는 다양한 소리

엄마가 부를 때
울 딸
광미야
둘째 딸

아빠가 부를 때
울 딸
광미야
아빠 딸

심부름 시키려고 부르는 그 소리
잔소리하려고 부르는 그 소리

매번 오빠, 동생은 부르지 않고
나만 불러서 듣기 싫은 그 소리

그렇지만
계속 듣고 싶은 그 소리

우리 집엔 요리사
두 명이 있다
아빠와 언니

고양이같이 통통 튀는
야매 요리 아빠 음식
요리책같이 멋있는
레시피 요리 언니 음식

아빠 요리사 언니 요리사
요리사가 만든 음식
배고픈 돼지가 먹는다
막내 돼지가 먹는다

그 돼지는 바로 나

샤워를 마친
상쾌한 느낌과 동시에
머리맡에서 감지되는
구수한 오빠의 발 냄새

오빠에게서 온
급한 전화에
방으로 들어가니
불 꺼 달라 노래 부르고

명랑 핫도그
달라하여 주니
치즈만 다 빼 먹고
해맑게 뛰어가는
때리고 싶은 오빠

내심 미안한 마음인지
던져 놓은 문화 상품권
혹시나 했는데
역시나 다 쓴 거다

엄마

— 노유진

예전에는 마냥 밝게, 자주 부르던 '엄마'라는 말이 이젠 제 마음을 무겁게 하는, 저를 울게 하는 말이 되어 버렸어요. 엄마가 생각하는 것보다는 제가 더 많이 자란 듯해요.

미안하다 ─ 문용선

아버지께서 술에 취해 저를 방으로 부르셨습니다. '아, 또 잔소리하시겠네. 대충 네네, 하고 빨리 자야지.' 생각하던 저에게 아버지께서 어렵게 한마디를 꺼내셨습니다.

"아들, 미안하다."

……

"아빠가 손가락이 부러지고, 다리가 부러지고, 등골이 부러져도 너희들만큼은 꼭 세상에서 제일 행복한 사람으로 만들어 줄게."

저는 처음으로 아버지의 눈물을 보았습니다.

저는 한동안 그 자리를 떠나지 못했습니다.

괜찮아,

대단해,

사랑해,

멋지다,

믿는다,

잘했다.

가족에게 힘이 되는 말은 의외로 소박합니다.

평소엔

양떼같이 옹기종기

모여 있어도

서로에게 무심합니다.

비록 무뚝뚝한 아빠라도

비록 잔소리꾼 엄마라도

비록 질투쟁이 동생이라도

붉은 태양이 떠오르는 순간처럼

나에게 불쑥 떠오르는 힘이 됩니다.

괜찮아요,
대단해요,
사랑해요,
멋있어요,
믿어요,
잘했어요.

가족에게 힘이 되는 말은 의외로 소박합니다.

할 것이 없을 때
응

친구가 대답할 때
응

응
응
응

지금이라도
부모님의
모든 잔소리에
응

응
한마디 해 보자

5부

그때 그 시간

기계가 생각을 못 하면 좋겠다.
기계는 기계인 채로 있었으면 좋겠다.

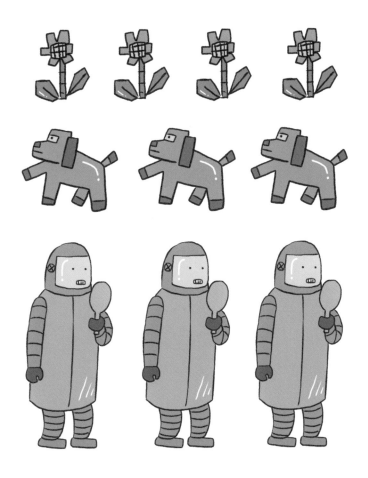

노동 인권은 누구나
동등하게 가질 수 있고
인간은 누구나 일할 때 존중받을
권리가 있다.

사람들은 모두 다릅니다.
물론 공통점을 찾을 수 있겠지만
그래도 사람들은 모두 다릅니다.
만약 세상 사람들이 모두 똑같다면 어떨까요?

여기 △, □, ○가 있습니다.

세상 모든 사람이 △와 같다면 어떨까요?
아마 서로 말싸움만 하다가 결국 큰 싸움이 날지도 모릅니다.
△는 성격이 좋지 않거든요.

모든 사람이 온화하고 배려심 많은 □라면 어떨까요?
초반에는 모두 서로를 배려하고 도우며 잘 살겠지만
그건 아마 오래가지 못할 겁니다.
□는 자기 자신을 싫어하거든요.

모두가 다른 세상에서 사는 □는
다른 사람을 통해 세상 밖으로 나올 수 있었습니다.
하지만 지금은 그럴 수가 없어요.
모두가 똑같은 세상이니까요.

그럼 모든 사람들이 ○ 같다면 어떨까요?

○는 처음엔 이 세상이 흥미롭다고 생각하겠지만

그것도 그리 오래가진 못할 겁니다.

○는 지루한 것을 아주 싫어하니까요.

지금까지 모두가 똑같은 세상의 이야기였습니다.

우리는 함께 생활하면서

서로의 단점을

장점으로 채워 줍니다.

그렇기 때문에 모두가 다른 세상이 좋은 것이죠.

△, □, ○

모두가 다른 세상이라 다행입니다.

양성평등 — 박현성

우리 학교는 매년 또는 몇 년에 한 번씩 양성평등을 주제로 글짓기를 한다. 과연 언제쯤 이 글쓰기가 사라지게 될까?

이런 지루하고 재미없는 글짓기를 하지 않기 위해서라도 양성평등이 이루어졌으면 좋겠다는 생각이 들었다.

"넌 (여자/남자)니까 ~해야 돼!"가

"(여자/남자)도 ~할 수 있다!"로 바뀌길 바란다.

아니, 이런 말 자체가 필요 없는 사회가 되어야 한다.

인간은 성별과 관계없이 평등하며, 자신의 능력과 가능성을 개발하는 데에 성별이라는 제한이 있어서는 안 된다. 성별에 박힌 고정관념이 없어져 우리 모두가 행복하고 차별받지 않는 평등한 세상이 되었으면 좋겠다.

노인 — 윤지환

아침에 일어나 뉴스를 보았다.
자식에게 짐이 될까 묵묵히 살아오다
끝내 잘못된 선택을 하고만 노인.

친구들과 함께 지하철을 탔다.
한 치도 양보 없는 사람들 속에 힘겨운 노인,
그분들도 누군가의 소중한 자식이고 부모일 텐데.

길을 걷다가 굽은 등 너머로 보았다.
하루를 살아가기 위해 폐지를 줍는 노인을.
힘겨운 수레바퀴, 그 옆을 무심히 스쳐가는 사람들.

어머니와 봉사 간 요양원에서 만났던 노인들,
하루 종일 창밖을 바라보며 서성거린다.
오늘도 누군가를 기다리며 하루를 보낸다.

무관심과 방치 속에서 쓸쓸하게 늙어 가는 노인.
사람들은 모른다.
그분들의 모습이
우리들의 미래가 될 수도 있다는 걸.

길
—강지은

잘 포장된 길에
작은 쓰레기 하나,
사람들이 오가며
그냥 지나친다.

잘 포장된 길에
쓰레기 둘,
사람들은 대수롭지 않게
그냥 지나친다.

잘 포장된 길에
쓰레기 산더미,
여전히 사람들은
그냥 지나친다.

잘 포장된 길이
어느새 쓰레기 길이 돼 버렸다.

더 이상 사람들은
이 길로 다니지 않는다.

온도 ― 최은선

사람과 사람 사이
사람과 나라 사이
사람과 자연 사이
무심한 온도를 느낀다.

따뜻해 보이지만 시린 온도를 느낀다.

차가웠다가도 뜨거워지고
뜨거웠다가도 차가워지는
온도를 느낀다.

따뜻한 온정 속에서도
각박한 현실의 온도를 느낀다.

비가 온다 — 이준영

비가 온다
하늘에서 비가 온다
어둑어둑한 하늘 속
먹구름을 뚫고
비가 온다

학생들이 쏟은 코피,
주부들이 널어놓은 빨래,
노동자들이 흘린 땀방울,
직장인들이 마신 커피에서
모인 물들이
비가 되어 내린다

어두워지는 먹구름으로부터
모든 것을 씻어 내고 치유하며
화창해지기 위한
비가 온다

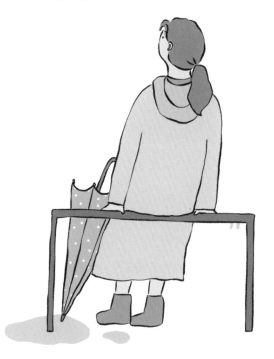

소녀여
— 최세홍

소녀여,
색을 찾기 전 붓을 빼앗긴
저고리 입은
소녀여.

소녀여,
드리운 햇살도 검게 느끼는
온기를 잃은
소녀여.

소녀여,
온몸의 저릿함이 무뎌져 버려
사랑을 잃은
소녀여.

소녀여,
지나간 세월에 사과받지 못하고
인생을 뺏긴
소녀여.

소녀여,
나에게도 그들에게도 품을 잃고
공허만 남은

아,
소녀여,
소녀여.

밟고 가시면 됩니다 — 정의

5.18 민주 묘지에 다녀왔다. 수많은 광주 민중들의 영혼과 인사를 나누고 산을 내려가는데, 내려가는 계단에 이 비극의 주범인 전두환의 얼굴이 새겨져 있었다. 왜 이런 걸 만들어 놓았을까 생각하는데 옆에서 큰 목소리가 들렸다.

"밟고 가시면 됩니다."

있는 힘껏 그 얼굴을 밟으며 계단을 내려갔다.

노란 샛별 — 유경진

푸르디푸른 바닷속
차디찬 바닷속

노란색으로 반짝거리는 샛별이
노란색으로 반짝거리는 희망이

소용돌이처럼 휘말려 간다.

넓디넓은 어머니의 가슴속
온화하디온화한 어머니의 가슴속

노란색으로 반짝거리는 샛별이
노란색으로 반짝거리는 희망이

마음속에 송곳처럼 박혀
각박한 세상에서 멀어져 간다.

리투아니아, 라트비아, 에스토니아로 이루어진 발트 3국. 이곳을 여행하며 가장 감동스러웠던 것은 '인간의 띠'였다. 소련으로부터 독립을 하고자 했던 발트 3국 사람들은 도로로 나와 서로의 손을 잡고 '인간 띠'를 만들어 자유를 향한 열망을 보여 주었다. 그들이 만든 띠는 리투아니아의 수도인 빌뉴스부터 에스토니아의 수도인 탈린까지 이어졌다. 그들은 평화적인 방법으로 전 세계인들을 감동시켰다. 사람들의 의지는 결국 발트 3국을 소련으로부터 독립하게 하였다. 여기에서 지난해 우리나라에서 있었던

'촛불 집회'가 생각났다. 여러 사람의 간절한 뜻이 모이면 그 어떤 무력보다 강한 힘이 된다. 우연의 일치인지 모르겠지만 이 세 나라가 독립한 날짜는 8월 15일, 우리나라의 광복절과 같다.

국민들이
하나가 되었던
그때 그 시간

날은 추웠지만
함께 촛불을 들고
뜨거운 열기를
뿜어내며 싸웠던
그때 그 시간

자신을 믿어 달라고
소리치던 사람이
가해자가 되었고
믿어 준 사람들이
피해자가 되었던
그때 그 시간

그때 그 시간처럼

촛불들이

하나가 되는 일이

반복되지 않았으면

기억
—유아현

일제 강점기,
한참 반짝거릴 10대에
한겨울 밤 같은 날들을
보낸 위안부 할머니들.

금요일엔 꼭 돌아오기를
간절히 기도한 4월 16일.

가장 추울 때
모두가 한마음으로
촛불을 들었던 나날들.

시간이 지나도
흐린 과거로 남지 않기를,
잊혀지게 두지 않기를.

『왜 그러세요, 다들』을 읽고

함민복 시인

"너는 스스로 똑바로 서야 하지, 똑바로 세워져서는 안 된다."

- 마르쿠스 아우렐리우스 -

한 장 두 장 진솔함이 묻어나는 글을 넘겼다. 나에게, 친구에게, 부모에게 그리고 우리가 살고 있는 세상을 향해 던지는 목소리들이 파릇파릇 살아 있었다. 짧은 글들이지만 글에 담긴 절절한 마음이 깊어 울림이 컸다.

이 책의 글쓴이들은 그들이 처한 상황을 장황하게 설명하지 않고 그 상황 속으로 글 읽는 사람을 초대해 함께 느낄 기회를 주고 있었다. 자신의 느낌을 브리핑하듯 일방적으로 늘

어놓는 것이 아니라, '나도 느끼게 해 줘!'라는 독자의 요구를 충족시켜 주려는 배려의 마음이 깃들어 있었다.

대부분의 유서에 장식적 수사가 없듯 절박한 마음을 담고 있는 글들이라 축약되어 있었고 담백했다. 글에 삿됨이 없었다. 그래서 더 쉽게 공감할 수 있었고 마음의 움직임도 컸다.

단 몇 장의 종이만으로
그동안의 노력을 알겠는가

— 「종이」에서

시험공부에 스트레스를 받으면서도, 야자가 싫은데도, 좋은 대학에 가기 위해, 상위 1%에 들기 위해…… 위해…… 위해…… 게임하는 것도, 유튜브와 애니 보는 것도, 먹고 싶은 것도, 친구와 놀고 싶은 것도, 이성 친구를 사귀는 것도, 벚꽃 축제에 가고 싶은 것도 단념하기를 강요받고 있는 청소년들의 숨막히는 현실.

"하, 인생은 시험이다."(「첫 시험을 치르고」에서)라는 절규에, 청소년들의 삶을 힘겹게 만들고 있는 기성세대의 한 사람으로서 미안한 마음이 들어 가슴이 무거워졌다.

기성세대들은 미래에 행복하려면 어쩔 수 없다며 현재를 포기하라고 말한다. 그래야 미래에 더 편안한 삶을 살 수 있다고 강변한다. 현재의 행복도 중요하다는 것을 모르는 것은 아니지만 이게 어쩔 수 없는 사회적 현실이란다. 그러니 아무 말 말고 경쟁 세계로 들어가 꼭 이기기만 하면 된단다.

과정보다는 결과만을 중시하는, 조금 희생해야 더 많은 시간을 편하게 살 수 있다는, 시간의 효율성만 따지는 기성세대의 자식 사랑은 과연 현명한 처사일까.

생각해 보면 지금 이 시간은, 청소년들이 맞고 있는 청춘은 다시 돌아올 수 없지 않은가. 미래의 행복이 현재의 불행을 보상해 줄 수도 없고, 현재를 미워하는 마음보다 사랑하는 마음으로 산 사람들이 미래에도 세상을 사랑하는 마음으로 살아갈 확률이 더 높지 않을까. 그리고 그것이 긍정적인 가치관을 형성하는 데도 도움이 되지 않을까. 경쟁 세계에서 모두가 승자가 될 수 없음은 너무도 자명한 일이다.

다행히 청소년들이 이러한 문제점을 인식·진단하고 이

렇게 살아가는 게 옳지 않다고 발언하고 있기에 우리 사회
는 희망적이다.

　　무사히 태어나기만 해 주겠니
　　건강하게만 자라 주겠니
　　슬슬 걸음마를 떼야 하지 않겠니
　　이제 열심히 공부해야 하지 않겠니
　　좋은 대학 가야지

　　(중략)

　　모두들 알겠어요
　　제가 용기를 가질게요
　　그리고 말할게요
　　저 못 해요

　　왜 그러세요, 다들

　　　　　　　　　　－「왜 그러세요, 다들」에서

이중적 잣대를 가지고 있는 기성세대에 일침을 가하는 이 글은 통쾌하다. 서럽다. 청소년들이 이리 크게 속내를 여기 내놓았다. 기성세대들에게 진정한 소통의 장으로 들어오라고 마음의 문을 열어 놓았다. 참으로 감사한 초대장이다.

타인에 의해 똑바로 세워지기까지는 얼마나 큰 고통이 따를 것인가. 그리고 설사 그렇게 해서 똑바로 세워졌다 한들 늘 위태로워 불안할 것이다. 반드시 스스로 똑바로 서야 행복한 삶을 살아갈 수 있다.

여기 실린 글들을 보면 우리 청소년들은 타인의 조언과 충고를 받아들여 충분히 스스로 똑바로 설 것 같다. 안심이다!

왜 그러세요, 다들

초판 1쇄 발행 • 2018년 8월 16일
초판 2쇄 발행 • 2019년 5월 9일

글쓴이 • 전국 중고등학생 89명
그린이 • 자토

펴낸이 • 강일우
책임편집 • 서대영
펴낸곳 • (주)창비교육
등록 • 2014년 6월 20일 제2014-000183호
주소 • 04004 서울특별시 마포구 월드컵로12길 7
전화 • 1833-7247
팩스 • 영업 070-4838-4938 / 편집 02-6949-0953
홈페이지 • www.changbiedu.com
전자우편 • textbook@changbi.com

ⓒ (주)창비교육 2018
ISBN 979-11-89228-03-3 43800